잠이 오지 않는 밤에도,
내가 함께 있어줄게

잠이 오지 않는 밤에도,
내가 함께 있어줄게

미니유 쓰다

SANDBOX
STORY

"우리 잘하고 있잖아. 곧 피어날 거니까 걱정하지 마."

미니유의 다정한 위로,

지금 한 조각씩 꺼내 먹어요.

당신만을 위한
수면찻집으로
초대합니다

QR 코드로 접속하면, 미니유가 독자에게 드리는
스페셜 ASMR 영상을 볼 수 있습니다.

편집되지 않는
삶의 풍경

나는 영상 촬영보다 편집하는 과정을 더 즐기는 편이다.
촬영할 때 했던 실수나 어색한 장면들을
모조리 잘라내 버리는 것에 쾌감을 느끼기 때문이다.
촬영 중 실수하는 순간이 오면 난감하면서도
과연 완벽한 영상이 나올 수 있을까 하는
의구심마저 든다.

하지만 편집하면서 그냥 툭툭 잘라내 버리면 그만이다.
그 어떤 실수도,
보이고 싶지 않은 부분도
모두 다 내 마음대로 조절할 수 있다.

거창하게는 내 인생도
그렇게 편집하고 싶었다.
나의 어둡고 재미없는 부분들은 오려내서
아주 완벽하고 행복해 보이는 모습만
비추고 싶었다.

그러나 위로는
그 사람의 완벽함에서 오는 것이 아니었다.
굳이 이야기할 필요도 없는
아주 소소하고 흔한 실수에서 오는 것이었다.

나는 이 책에서, 영상을 편집할 때
잘라내 버릴 만큼
중요하지 않았던 이야기를 하고 싶었다.
아주 소소하고 평범한 이야기들로 늦은 밤,
잠 못 이루는 당신 곁에 함께하고 싶다.

미니유

Contents

●

Part 1
나만의 레시피대로 소리를 구워요

●

Part 2
오늘은 애쓰지 않아도 괜찮아요

Part 3
겉은 유연하게, 중심은 단단하게

Part 1.
나만의 레시피대로
소리를 구워요

예쁜 말들만 주고받기

처음 보는 사이가
가장 편할 수 있다는 아이러니.
다시 볼 일 없는 사이일수록 더 좋다.

이런 태도가 냉정하다고 생각하지 않는다.

그저 적당히 예쁜 말들을 주고받으며,
기대하거나 실망할 기회도 주고 싶지 않아서일 뿐.

영원히 첫날의 모습으로 서로에게 남고 싶다.
좋았던 기억으로만 채우고 싶다.

소리 기억

새벽녘, 적막 속에 홀로 울리는 시계 소리.

나른한 오후, 잠이 들 무렵에 희미하게 들리는 아이들의
소음.

뜨거운 햇빛 사이로 울리는 매미 소리.

집에 오는 길, 우산에 스며들었던 빗소리.

좋았던 기억이 소리를 통해 다시 살아난다.

시간은 추억을 희미하게 만들지만
소리는 추억의 그림자를 선명하게 만든다.

밤이 오는 소리

밤을 잃어버린 당신의 귓속에

언제까지나

밤이 오는 소리를 들려드릴게요.

밤이 오는 순간까지 옆에 있어줄게요.

혼자 있는 시간

완전한 휴식은

오롯이

나 혼자

나만의 공간에 있는 것.

잠시라도 숨통이 트이는 시간.

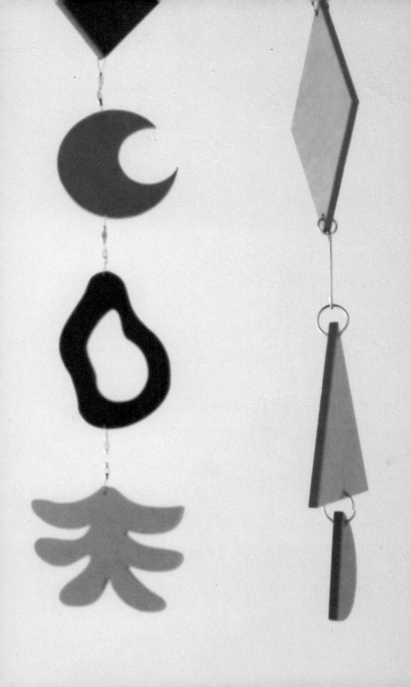

낯선 길

여행을 하다가
길을 잃는 순간이 설렐 때가 있다.

평소였으면 두려웠을 일마저
낯선 곳에서는 흥미로움으로 바뀐다.

계획에 없던 소소한 사건들만으로도
여행은 충분한 의미를 갖는다.

나의 인생도 그러하길 바란다.

잠시 길을 잃어도
그곳에서 또 다른 의미를 찾을 수 있기를.

어떻게 지냈어

"어떻게 지냈어?"
오랜만에 만난 친구가 던지는 안부 인사에 멈칫한다.
수많은 날을 머릿속에 제쳐 두고 나온 짧은 한마디.
"뭐, 잘 지냈지!"

그러면 친구는 그동안
어떤 재밌는 일과 힘든 일이 있었는지,
자신이 어떻게 지내왔는지 털어놓기 시작한다.

한참을 듣고 있는 내게,
너는 어떻게 지냈냐고 다시 한번 되묻는다.

그럴 때면 나는 항상
"그냥 똑같지, 뭐."라는 말과 함께 어색한 웃음을 짓는다.

하지만 어떻게 똑같은 날들만 있었으랴.

매일 같은 즐거움만 있지도,
같은 슬픔만 있지도 않았다.

그러나 나의 날들을 설명하려다 보면,
문득 두려움이 밀려와 입술을 닫게 된다.

'내 얘기가 재미없으면 어쩌지.'

어쩌다 내 얘기를 시작하기라도 할 때면
항상 상대방의 눈치를 보게 된다.

지금 하는 나의 이야기가 혹시 지루하지는 않을까.
지금 저 표정은 정말 흥미로운 표정일까.
흥미로워 보이려 애쓰는 표정일까.
고민하다 보면 쉽게 피곤해지곤 한다.

그래서 나는 늘 이야기를 들어주는 편이다.
그것도 아주 열심히.

나의 반응에 따라
이야기하는 사람이 얼마나 흥이 나고 상처받는지
누구보다도 잘 알기 때문에.

구겨진 말

수많은 눈이 무서워,
하고 싶은 말을
머릿속에 구겨 넣었다.

언젠가 다 꺼내 놓을 수 있을 때,
그땐 온전히
나 자신이었으면 좋겠다.

향기가 나는 일

아닌 줄 알면서도
아슬아슬하게 붙들고 있던 꿈이 있었다.
그것마저 놓고 나니
내가 버젓이 살고 있다는 것조차 믿을 수가 없었다.

그렇게 나의 20대 초반은
부정과 부정
그리고 또 부정의 날들의 연속이었다.

겨우 일어서 내디딘 한 발짝 걸음에
나는 완벽히 부서졌다.

번번이 실패하는 삶이 힘든 게 아니라,
하고 싶은 게 없다는 게 미칠 듯 괴로웠고,
그런 시간에 익숙해지는 나를 마주하는 게 힘들었다.

어쩌면 실패할 때마다 조금은 안도했는지도 모른다.
다른 곳에 정착해 버리면 영원히 끝일 것만 같아서.
난 아직 포기한 것이 아니라며,
그렇게 위로했을지도 모른다.

그런 삶에 또 한 번 꿈을 안겨 준 것이
지금 하는 일이다.

늘 회색빛의
쩍쩍 갈라진 무생물 같던 마음이
향기도 나고 물기도 머금어
촉촉해졌다.

이 일, 온 힘을 다해 사랑하지 않을 수 없다.

우리가 함께한 시간

"우리, 태교를 같이 했어요."

일 년에 한 번 정도 갖는
구독자들과의 만남에서였다.

'난 태교를 한 적이 없는데.'
조금 의아한 나의 표정에 그녀는 웃으며 대답했다.
"미니유 님 영상으로 태교했어요.
매일 밤 미니유 님 영상이 없으면 잠을 못 잤거든요."

가슴이 뭉클했다.
나도 모르게 누군가와 함께 시간을 보내고 있었다니.

가끔 영상의 조회 수가 주춤할 때면, 이런 생각이 들곤 한다.
'이렇게까지 정성 들일 필요가 있나? 어차피 많이 안 볼 텐데······.'

그럴 때면 늘 누군가는
지금도 나와 함께하고 있다는 생각으로 마음을 다잡는다.

'들어줄 누군가를 생각하며,
온 마음을 다해 만들어야지.'

나의 소리 속에 머물렀든 스쳐 지나갔든
모두 상관없다.

나의 7년이라는 시간에
어떤 형태로든 함께해준 사람들.

내가 다시 일어날 용기를 준 전부니까.

오롯이 내가 해낸 일

시간이 모든 것을 해결해 준다는 말에는
고통이 녹아있다.

하얗게 지새웠던 수많은 밤들이 그렇다.
꿈속에서 몇천 번이고 반복되던 이야기가 그렇다.
차마 끝까지 내뱉지도 못했던 한숨이 그렇다.
멋대로 되뇌어지던 머릿속이 그렇다.

고스란히 온몸으로 맞아 견뎌낸 흔적.

차 한잔해요

영상 너머 당신이,
마음으로 마실 차를 준비해요.

정성껏 우린 찻잎에

예쁜 색으로

찰랑거리는 찻물.

우리,

같이

차

한잔해요.

내가 구워낸 소리와 함께
밤을 보낼 당신에게

나는 내 영상이

잘 구워진 빵이나 과자라고 생각한다.

레시피의 순서와 방법을 지킨다는 점에서 그렇다.

예전에 인터넷으로 레시피를 보고 베이킹할 때였다.

그때마다 늘 1그램 정도는 무시하곤 했다.

그러다 보니 나의 베이킹은

눈대중, 손대중으로 모든 걸 대신하며

점점 엉망이 되었다.

결과는 뻔했다.

뭔가 부족한 맛이 나거나
못 먹는 빵이 되곤 했다.

영상의 소리도 마찬가지다.
소리가 맞닿는 접점을
부드럽게 이어주지 않으면,
'뚝' 하고 끊기는 어색한 소리가 된다.

사실 크게 거슬릴 정도는 아니어서,
집중해서 귀 기울여 듣지 않으면 티가 나지도 않는다.

하지만 귀찮아서 무시한

소소한 1그램이 반복되다 보면,

결국 못 먹는 빵처럼 되고 말 것이다.

내가 잘 구워낸 소리에

밤을 보내는 이들을 떠올리며

변함없이

나의 레시피에 맞춰

소리를 굽는다.

마음을 간지럽히는 소리

적막의 배경에 입혀지는
일상의 소리.

그 사이사이 들리는
간지러운 속삭임.

당신을 밤으로 안내할 나만의 레시피.

네게도 소중한 것

대학로의 연극 무대에 오른 적 있었다. 어렸을 적 꿈이었던 연극배우가 되지는 못했지만, 취미로라도 연기를 하고 싶었다. 그래서 직장인 연극 동호회를 찾아 6개월간 열심히 동호회 활동을 했다.

마침내 공연 날. 관객은 대부분 배우의 지인들로 채워졌는데, 나의 관객은 모두 ASMR 채널의 구독자였다.

공연에 필요한 소품 중에 녹음기가 있었다. 예전에 영상 촬영할 때 쓰던 망가진 녹음기였다. 고장나긴 했지만, 추억이 담긴 물건이라 버리지 않고 소중히 가지고 있다가 공연에서도 소품으로 쓰게 되었다.

그렇게 정신없이 네 차례의 공연을 마쳤다. 구독자들 덕분에 관객석은 만석이 되어 행복한 공연을 할 수 있었다.

마지막 무대인사를 마치고, 나를 보러 와준 구독자들과 인사를 나누는데 어디선가 떨리는 목소리가 들렸다.
"미니유 님……."
대학생쯤 돼 보이는 여학생이 손에 들고 있던 무언가를 나에게 건넸다.
녹음기였다.

"이게…… 무대 구석에 떨어져 있더라고요. 이거 미니유 님한테 엄청 소중한 거잖아요."

순간 눈물이 날 뻔했다. 너무 울컥해서 뭐라고 감사의 인 사를 했는지조차 기억나지 않는다.

내가 소중하게 여기는 것을 기억해 준다는 것, 그것을 함 께 소중히 여겨 준다는 것에 가슴이 벅찼다.

그녀가 두 손에 꼭 쥐고 있어 녹음기에 깃든 온기만큼이나 무척 따듯한 밤이었다.

길 위에서

영상의 아이디어가 떠오르지 않을 땐,
여행을 간다.

다녀온 후에는 어김없이 소재가 떠올랐다.
여행에서 아주 특별한 것을 하는 것도 아닌데
참 신기하다.

이유를 곰곰이 생각해 보았다.

어쩌면,

비워냈기 때문은 아닐까.

너무 많은 생각들로 버무려진 머릿속이,
여행이라는 낯선 길 위에
버려지는 것이다.

그리고
그 빈 곳에
신선한 것들이
채워지는 것이리라.

내 목소리에 귀 기울이며

기계인간이 될지 말지
고민하는 철이에게
메텔이 이렇게 말한다.

"운명의 갈림길에서 남의 말은 들을 필요가 없단다."

남들이 하는 이야기가 아닌,
내 목소리에 귀 기울이는 것.

어렵지만,
조금 더 굳건한 사람이 되고 싶다.

하고 싶은 말은

마음에만 담아두지 않기.

심야 이발소

늦은 밤, 적막 속
홀로 반짝이는 간판.

똑딱이는 시계 소리.
정감 가는 예스러운 물건들.
냉장고에서 꺼낸 시원한 맥주 한 캔.

수고한 당신에게 건네는 위로.

못된 말

사람의 혀끝에 베인 상처는
그 깊이를 알 수 없다.

아문 듯 잊고 살다 보면
어느새 깊이 패어 있음을 깨닫게 되니.

그 상처는
아주 오랫동안 마음을 갉아먹다가
결국 깊은 흉터를 남길 것이다.

무례함에 웃지 않기

주로 집에서 일하다 보니, 사람을 만날 일이 많지는 않다.
그래서 가끔 모임에 나가곤 하는데, 마침 흥미가 생기는
모임이 있어 참여하게 되었다.

무리 중 누군가가 나를 알아보면서, 갑자기 나에 대한 관
심으로 분위기가 뜨거워졌다. 화기애애한 분위기 속에서
대화를 나누었다.

그때, 갑자기 찬물을 끼얹는 말이 들렸다.

"오늘 술값, 쏘시죠?"

그날 처음 본 남자가 나에게 술값을 내라고 했다.

유명 유튜버니, 뒤풀이 계산을 하라는 것이었다.

물론 농담이었겠지만, 기분이 팍 상했다.

'아, 정말 무례하다.'

순간 표정이 굳었다.

예전 같았으면 "아, 네. 하하……."라며 얼버무렸겠지만, 몇 번 이런 일을 겪다 보니 분노가 치밀어 올랐다.

아무런 대꾸도 하지 않았지만, 사실 그 사람의 말을 무시하고도 조금 신경이 쓰였다.

그냥 웃어넘겨도 될 일이었을 텐데, 내가 너무했나 싶기도 했다.

하지만 언제까지나,
모든 무례함을 웃어넘기는 사람이 되고 싶지는 않다.

Part 2.
오늘은
애쓰지 않아도 괜찮아요

흐려도 괜찮아

궂은 날씨에
위로를 받을 때가 있다.

대자연도 흐린데,
내가 뭐라고 항상 밝을 수 있을까.

오늘은 나도 흐려도 괜찮겠다.

그냥 사세요

영상 댓글을 훑어보다가
마음에 와닿는 글을 보았다.

'미니유 님, 행복하세요.
아니, 꼭 행복할 필요 없어요.
그날그날 마음 가는 대로 그냥 사셔요. 파이팅.'

행복하라는 말보다
훨씬 위로가 되었다.

그냥
살아야겠다.

맞는 마음

나는 늘 처음 같은 열정을 되찾길 바랐다.

허나 처음이 아닌데
처음 같은 마음을 바라는 것도
욕심일 수 있겠다는 생각이 들었다.

다만 시간이 흐른 만큼
그에 맞는
또 다른 새로운 마음이 생겼을 것이다.

처음만큼의 열정은

다소 약해졌을지언정

더 성숙하고 차분해진 마음이.

바꿀 수 없는 것들을

붙잡지 않는 용기가 필요해.

수면의 늪으로 가는 길

나른한 울림에
스르륵 눈꺼풀이 무거워진다.

눈을 감고 걸어도
망설임이 없는 발걸음.

소리를 타고 날아가
내려앉은 몽롱한 꿈속은
포근한 가을밤처럼
나를 감싸 안는다.

이곳은, 수면의 늪으로 가는 길.

포근한 비행

잠 못 드는 밤이 오면
비행기에 탑승하세요.

좌석에 편안하게 누워도 괜찮아요.

이곳은 수면 비행기.

차 한잔 마셔요.
따듯한 담요도 덮어 줄게요.

당신이 잠들 때까지
이 포근한 비행은 계속될 거예요.

괜찮아, 잘될 거야

아주 흔한 위로의 말로
당신을 토닥여 주고 싶다.

가장 예쁜 말로만 골라
귓속에 다정하게 속삭여 주고 싶다.

언젠가 그 말들에 당신이 흠뻑 젖어
마음에 촉촉한 물기를 머금을 때까지.

비의 위로

잠이 오지 않는 밤.

웅크려 누운 내 모습에 조명을 켠 듯,
모든 감각이 집중된다.

머리부터 발끝까지
어디 하나 힘이 안 들어간 곳이 없었다.

'왜 이렇게 온몸에 힘을 주고 있었지?'

창을 때리는 빗소리가 들리기 시작한다.

베란다 창살에 떨어지는
빗방울 소리에 맞춰
온몸에 힘을 풀어 본다.

빗소리가 등을 토닥거리는 듯
몸이 노곤해진다.

이젠 안다.

마음 졸이지 않아도

내 것이면 어느새 발밑에 와있다는 것을.

자존감이 낮으면
낮은 대로 살면 됩니다

"넌 자존감이 너무 낮아서 문제야."

인터넷을 보다가 발견한 문구를 보고
머리가 지끈거리기 시작했다.

'별게 다 문제네.'

속으로 중얼거렸다.

자존감이라는 말이 몇 년 전부터 유행하고 있다.

나도 한때는
자존감이 높아져야 행복할 수 있다고 생각했다.
그래서 그 수준에 맞춰 살기 위해 안간힘을 쓰기도 했다.

하지만 맞지 않는 옷을 입은 듯
애쓰며 사는 것은 불편할 뿐이었다.

문득 '누굴 위한 자존감일까.' 하는 생각이 들었다.

애쓰는 것은 집어치우고,
그저 그날의 기분에 충실하며 살기로 했다.

자존감이 떨어지는 날에는 조금 웅크렸고,
그런 나 자신을 받아들였다.
그늘을 벗어나려 애쓰지 않았다.

그러자 오히려 마음이 편안해지면서,
온전한 '나'로서 살 수 있게 되었다.
내가 사랑스럽게 느껴지기까지 했다.

비로소 나에게 맞는 옷을 깨달았다.

가뜩이나 뒤처지면 도태되는 세상에 살고 있는데,
이젠 하다 하다 내 마음마저
유행에 맞춰 살아야 할까.

눈가리개

손 틈 사이로

새어나가는 것들을 보느라

내가 손에 쥐고 있는 걸

미처 보지 못했다.

우울

불현듯 모든 것이
의미 없이 느껴져서
그냥 길바닥에 누워버리고 싶었다.

하루하루 일분일초가
얼마나 소중한 의미인 줄 알면서도,
세상에서 가장 의미 없는
무언가가 되고 싶었다.

아니,
아무것도 되고 싶지 않았다.

각자의 목소리

가만히 귀 기울여 보니
그냥 지나치던 빗소리가
모두 다 다르게 들린다.

창가에 '똑똑' 하고 떨어지는 빗소리,
우산 위로 '우수수' 떨어지는 빗소리,
차 안에서 들리는 '쾅쾅'거리는 빗소리.
모두 다 각자의 소리를 내고 있었다.

덕분에 무엇과도 겹치지 않는
고유의 잔향을 느낄 수 있었다.

당신의 감성에도 고유한 향이 있듯
누군가 귀 기울여 줄 것이다.

겨울 새벽의 향

계절이 가지고 있는
고유의 향기를 사랑한다.

그중 가장 좋아하는 것은
겨울 새벽의 향.

차갑고 신선하며 묵직하다.
그 무거운 향이
코끝에 스칠 때면
모든 그리운 것들이 떠오른다.

토닥이듯

아프지 않게

슬픔을 거른 채로

가만히 나의 등을 감싸 안는다.

할머니의 옛날이야기

"할머니, 인형 놀이 해요."

어려서부터 할머니는 유일한 친구였다.

우리 집의 가장이던 엄마는 회사에 다녔고, 할머니가 어린 나와 언니를 돌봐주셨다. 학교에 다니는 언니와 달리, 아직 입학 전이던 나는 집에 있는 시간이 아주 길었다. 그 무료한 시간을 달래주는 건 오직 할머니뿐이었다.

할머니와 미미인형으로 인형 놀이를 자주 하곤 했는데, 그 때마다 할머니가 늘 새로운 스토리를 짜주셨다.

그중 공주가 화장실에 간 사이 시녀가 공주의 자리를 차지하는 공주와 시녀 이야기도 있었다. 지금 생각해보면 어린 나이에 하는 놀이치곤 꽤 무시무시한 스토리였다. 그땐 그게 왜 그렇게 재밌었는지, 할머니께 늘 인형 놀이를 하자고 조르곤 했다.

옛날이야기도 자주 해주셨는데, 주로 '콩쥐팥쥐'나 '백설 공주' 같은 고전적인 이야기에 할머니만의 색깔로 살을 붙여 얘기해주셨다. 콩쥐를 도와주는 게 소가 되기도 했다가, 옆집 할머니가 되기도 했다. 그날그날 할머니의 기분에 따라 내용이 조금씩 바뀌었다.

특히, 음식을 먹는 장면을 이야기할 때가 가장 흥미진진했다. 그때만 해도 자주 먹을 수 없었던 후라이드 치킨을 콩쥐가 실컷 뜯어 먹는 부분이 나올 때면, 할머니의 생생한 설명에 내가 실제로 먹는 듯한 착각이 들곤 했다.

시간이 많이 흐른 후 할머니에게 물어본 적이 있었다.

"할머니, 제가 옛날이야기 해달라고 조를 때 귀찮지 않으셨어요?"

그럴 때면 할머니는 늘 같은 대답을 하셨다.

"귀찮아도 그 얘기 듣는 동안은 네가 엄마 보고 싶은 걸 잊어버리잖니."

할머니만의 감성이 듬뿍 담긴 이야기는

어쩌면,

어린 손녀딸에게 건네는 위로가 아니었을까.

애쓰지 않아도 돼

"민정아, 너는 우울할 때 어떻게 해?"
친구의 질문에 턱 하고 말문이 막힌다.
'내가 어떻게 하더라…….'
기억을 뒤적여 본다.

예전에는 우울에서 벗어나기 위해 이런저런 노력을 부지
런히 했었다. 일부러 외출해서 사람도 만나고, 시끄러운
곳도 가보면서 말이다. 그런데 그런 노력을 한 후에 밀려
오는 공허함은 아무것도 하지 않았을 때보다 더 끔찍했다.
온몸에 힘을 콱 주고 버티는 것마냥 쉽게 지치고 아팠다.

그래서 우울한 상태, 그대로 내버려 두기로 했다. 나만의 공간에 꼭꼭 숨어 그 어디에도 나를 드러내지 않았다. 우는 아이를 내버려 두듯이 우울을 제삼자라 여기며 내 방 한구석에 나를 팽개쳐 두었다. 그러다 보면 어느새 못 이긴 척 우울이 지나가곤 했다.

그후로 잠깐의 우울을 만났을 때 그 감정이 나를 완전히 지배하게 내버려 두는 것이 나만의 법칙이 되었다.

언젠가 소멸하는 태풍처럼 잠시 나를 거쳐 지나갈 것이라는 확신이 있기에.

비에 젖다

지하철역 밖에선 비가 쏟아지고 있었다.

역 안 편의점에 있는 우산은 이미 다 팔려서,
발만 동동 구르고 있을 뿐이었다.

아무리 생각해도 뾰족한 수가 없었다.
비가 그칠 때까지 기다려야 하나,
아니면 비를 맞고 나가야 하나
수십 번 고민했다.

비가 금방 그칠 것 같지는 않아 무작정 기다리자니
약속 시각에 늦을 것이 뻔했다.
그렇다고 비를 다 맞으면,
공들여 한 머리가 다 망가질 테니 답답한 노릇이었다.
최선의 방법이 없기에 생각할수록 더 고민스러웠다.

'에라 모르겠다.'

몸이 먼저 반응했다.

그냥 무작정 역 밖으로 발걸음을 옮겼다.

비를 맞았다.

축축한 비가 머리로 떨어졌다.

금세 어깨를 타고 밑으로 흘러 결국 흠뻑 젖고 말았다.

뜻밖의 짜릿함이었다.

생소한 느낌에, 희열이 느껴지기까지 했다.

무엇보다 더는 비를 맞을지 기다릴지에 대해

고민하지 않아도 된다는 것이 좋았다.

비를 맞는 것보다 더 괴로운 쪽은 고민하는 시간이었다.

비에 젖는다는 건
생각보다 별게 아니더라.

그냥 젖으면 되는 것이었다.

미루고 싶어

네가 담겨 있는 박스에도
나는 생각보다 덤덤했다.

많이 아팠으니
이젠 편안해졌으리라.

내일이 아니라 오늘인 게 더 잘됐다고 생각했다.
하루라도 덜 아플 수 있으니.

너를 안고 나가려는 순간,
엄마의 말에 나는 무너졌다.

"박스가 너무 작네. 불편하지 않을까?"

아, 오늘이 아니라 내일이길 빌었다면
너무 이기적인 걸까.

할머니와 깜복이

할머니와 깜복이는 부모자식.
서로에게 똑같은 마음이었다.

깜복이를 화장하러 가는 차 안에서
할머니는 깜복이가 담긴 박스를
내내 안고 있었다.

그리고 마지막으로 건네는 쪽지.

'더는 할머니 부르지도 말고,
영원히 잘자.'

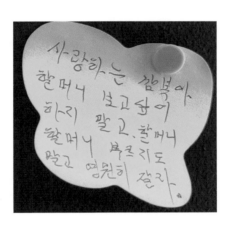

영원히 잘자

"어야 가자."

주인 목소리에 자다가도 번쩍 일어나
춤을 추던 녀석들은
그 말 한마디에 깊은 잠에 빠져들었다.

아무 목소리도 들리지 않는 곳으로 떠나놓고
매일같이 나의 꿈속에 나타난다.

아주 오래 봐왔던
야위고 희끗희끗한 모습 그대로.

그럴 때면 온 힘을 다해,
녀석들을 껴안고 만져본다.

까만 털에 쫑긋한 귀
갈색 털에 축 처진 귀

언제나처럼 머리도 쓰다듬고, 이름도 불러본다.

너무 반가워하는 나와는 다르게
녀석들은 꼬리 한 번 안 흔들지만, 섭섭하지 않다.

너희는 이제 사랑도, 반가워도 하지 말아라.

아무것도 하지 않아도 된다.

사랑도 슬퍼하는 것도

나 혼자 할 테니,

그저 아픔 없는 곳에서

푹 쉬어만 주기를.

Part 3.
걸은 유연하게,
중심은 단단하게

조금 더 알고 싶어요

아주 오래전 로댕의 전시회에 갔을 때다.
미술에 대해서는 문외한인 나는
시큰둥한 표정으로 작품들을 휙휙 스쳐 지나갔다.

그러다 로댕의 아주 유명한 작품인
'생각하는 사람' 조각상 앞에서 멈칫하며 걸음을 멈췄다.

그 웅장함이 주는 분위기에 압도되어
감명이라도 받은 듯
'아주 인상 깊은 작품이군.'이라고 생각했다.

그날 밤 친언니에게
로댕의 전시회를 보고 온 이야기를 하면서,
작품 중 '생각하는 사람'이 참 인상 깊었다고 말했다.
그러자 언니가 뜻밖의 이야기를 꺼냈다.

"그건 네가 그 작품만 알고 있기 때문이야."

순간 부끄러움과 함께 깨달음을 얻었다.
아마도 나는 그 작품이 워낙 유명하다는 걸 알았기에
알 수 없는 웅장함을 느꼈을 것이다.

내가 아는 만큼
커다란 흥미를 느낀 것이라면,
다른 것들도 더 알아가고 싶다.

로댕의 작품도,

무심코 지나쳤던 세상의 아름다운 것들도.

사랑의 시

천천히 스며들 것이라,
그렇게 생각한다.

언젠가 감당 못 할 만큼
흠뻑 젖어있기를.

꽃다발을 선물하는 사람

질 것을 알면서도
굳이 건네주는 것.

그 마음을 사랑한다.

오늘은 함께 꽃을 사러 가야지

"꽃 사러 갈까?"
가끔 엄마는 들뜬 표정으로 꽃을 사러 가자곤 한다.
내 영상에 쓸 소품으로 말이다.

소품을 사러 고속버스터미널에 있는
꽃가게에 자주 가는 편이다.
꽃 도매시장을 열어서,
이른 시간에 가면 운 좋게 도매가에 꽃을 살 수도 있다.
그래서 엄마는 아침 일찍 꽃을 사러 가자고 한다.

내가 "엄마, 아직 꽃 많아."라고 말하면,

엄마는 멋쩍은 듯이

"그래? 영상에 꽃이 많이 필요할 것 같은데."

하고는 실망한다.

한번은 엄마한테 이렇게 짓궂은 질문을 한 적 있었다.

"엄마는 영상 소품 때문이 아니라,

꽃 사는 게 좋은 거 아냐?"

그럴 때면 엄마는 펄쩍 뛰면서 극구 부인했다.

"영상 배경으로 꽃이 있어야 예쁘다니까."

그렇게 사서 말려놓은 꽃이 작업실에 한가득이다.

내 영상에는 엄마의 감성이 오롯이 담겨 있다.
엄마가 준비해 놓은 꽃과 소품들로 장식했기 때문이다.
그래서 가끔은 중년 여성의 멋이 느껴지기도 한다.
나는 정성껏 차려진 집밥 같은 그 포근함이 좋다.

오늘은 엄마에게

꽃을 사러 가자고 해야겠다.

나의 가장 친한 친구

여름이면 어김없이 떠오르는 장면이 있다.

초등학교에 입학하고 마주한 첫 여름방학이었다.

여러 가지 과일의 씨앗을 수집해오라는 방학 숙제가 있었다. 방학이라는 설렘을 안고 교문 밖을 나서는데 엄마와 할머니가 나를 기다리고 있었다. 그때는 핸드폰도 없던 시절이라, 마중 나올 거라는 연락도 없이 나온 엄마와 할머니의 모습에 더욱 놀랍고 반가웠다.

집으로 가는 길에는 아주 기다란 언덕이 있었다. 그 언덕 길을 따라 내려가며 엄마와 할머니에게 재잘재잘 떠들던 기억이 난다.

"엄마, 나 과일 아주 아주 많이 사줘야 해."

들뜬 목소리로 내가 이야기하자 엄마는 덩달아 들뜬 목소리로 "왜?"라고 물었다. 나는 방학 숙제로 과일의 씨앗들은 수집해 가야 한다고 말했다.

그 말을 들은 엄마는 "세상에……."라고 말하며 웃었고, 할머니는 "그럼, 당연히 사줘야지."라며 웃으셨다.

그리고 지금도 여전한 그 모습.

"우리, 카페나 갈까요?"

나의 물음에 엄마와 할머니가 일제히 대답한다.

"좋지~!"

셋이서 웃으며 손을 잡고 언덕길을 내려가던 장면이 20년
이 훌쩍 지난 지금까지도 선명하게 남아 가슴을 따듯하게
한다.

날씨도, 공기도 어느 것 하나 궂은 것이 없었던 그날.
나의 가장 친한 친구, 엄마와 할머니처럼.

당신, 피어날 거예요

"와우, 곧 활짝 피어날 일만 남았네요."

요즘 유튜브의 타로 채널을 틀어놓고 잠들곤 한다.
미리 뽑아 놓은 카드에 번호를 매겨 놓고,
그중 하나를 고르면 해석을 해주는 방식이다.

보통은 아주 긍정적인 이야기를 많이 해준다.
곧 대운이 들어와 아주 잘될 거라는
두근거리는 이야기들.

신기하게도 밤마다
그런 이야기를 듣다가 잠들다 보니
나의 일상이 달라지기 시작했다.

왠지 곧 좋은 일들이 생길 것만 같아 설레곤 한다.

말이 주는 힘은 역시 대단하다.
사랑하는 사람들에게
좋은 말만 해줘야지.

당신,
곧 활짝 피어날 것이니
걱정하지 말라고.

상냥한 위로

눈을 맞추며 웃어주는 사람이 좋다.

나의 이야기에 귀 기울이고 있음을
표현해 주는 사람에게 마음을 빼앗기곤 한다.

고개를 끄덕여 주는
상냥함에 마음이 녹는다.

그 상냥함이
날이 선 마음을 어루만져준다.

먹여줄까요

"아이, 잘 먹는다. 예쁘네."

밥만 잘 먹어도
칭찬받던 어린 시절.

가끔은 어른에게도
그런 순간이 필요하다.

꿀 바른 정어리구이

청소년 시절, 습관성 편도염이라는 고질병으로 열병을 자주 앓았다. 그날도 학교에 결석하고, 열 때문에 몽롱한 정신으로 TV에서 해주는 만화를 보고 있었다.

정확히 어떤 프로였는지 기억은 안 나지만, 바닷속 생물들이 만화 캐릭터로 나왔다. 문어가 친구를 집으로 초대해 음식을 대접하며 이렇게 말했다.
"꿀 바른 정어리구이 먹을래?"
희한하게 그 대사를 듣는 순간, 기분이 몽글몽글해졌다.

나는 결석을 하면 항상 죄책감을 느끼곤 했다. 마땅히 해야 할 일을 그르쳤다는 느낌 때문이었을까. 몸이 나아 다시 학교에 갈 때면 알 수 없는 수치심에 사로잡히곤 했다. 그래서 몸이 아파 집에서 쉬면서도 늘 돌덩이를 얹은 듯 마음이 무거웠다.

그때 "꿀 바른 정어리구이 먹을래?"라는 TV 속 대사 한마디에, 나도 모르게 복잡한 마음이 사라졌다. 별 대사도 아니었는데 말이다.

마음이 약해진 사람에게 일상의 평범한 말들이 얼마나 따뜻하게 다가오는지, 그때 깨달았다.

그래서일까.
언제부턴가 힘들어 하는 친구가 있으면, 늘 버릇처럼 이렇게 이야기하곤 한다.

"밥 먹으러 갈까?"

자장가

차가운 공기가 주는 포근함이 좋다.

한겨울, 잠이 안 올 때면
창문을 살짝 열어놓는다.

그리곤 턱밑까지 이불을 끌어 올린다.

그럴 때면 어느새 나도 모르게
스르륵 잠이 들곤 한다.

차가운 공기와

따듯한 이불의 품에 안겨 잠이 든다.

엄마의 망치

꽉 막힌 방음 부스 한쪽에는
망치가 자리 잡고 있다.
처음 그 망치를 보았을 때는 의문스러웠다.

'누군가 잘못 갖다 놓은 건가?'

엄마에게 방음 부스 안에 왜 망치가 있느냐고 물었다.

"아니, 혹시 그 안에서 무슨 일이 생겼는데
문이 안 열리면 망치로 깨고 나오라고."

•

나는 폭소를 터트렸다.

엄마도 폭소를 터트렸다.

조금 우습지만,

엄마에겐 내 딸을 구해 줄 커다란 희망.

깨진 유리컵

"저리 가 있어, 위험해."

실수로 깨트린 유리컵의 유리 조각이
사방으로 흩어졌다.

그가 내가 깬 유리컵을 치운다.

이런 사람을 사랑하고 있어 다행이다.

그날 나의 손에 끼워진 것은

간밤에 내린 눈이 금세 얼어붙을 만큼 추운 날,
우리 둘은 우두커니 서 있었다.

"그러니까 왜 그런 건지 설명을 해달라고."

다그치는 나의 말에 그는 한숨만 내쉬었다.
무엇이 문제였는지 기억도 나지 않는 하찮은 다툼이었다.

대수로울 것도 없이 뻔한 레퍼토리.
한 시간, 두 시간, 차가운 침묵만이 맴돌았다.

이제 그만하고 들어가자는 그의 말에도
내가 아랑곳하지 않자 그는 장갑을 벗는다.
그러고는 얼음장 같은 내 두 손에 끼워주었다.

"손 시려."

그날 나의 손에 끼워진 것은 그의 부탁이었다.

그럼에도 불구하고
널 사랑하니
이제 그만 따듯해지자는.

마음이 흐려지면

오래된 물건 하나 버리는 데도
마음이 저릿한 나에게,
사랑을 저버리는 것은 너무 어려운 일이다.
차마 두 눈을 뜨고 마주할 수 없다.

버려진 마음이 허공을 떠돌고 떠돌다
언젠가 퇴색되어 희끗희끗해질 때쯤,
그때야 들여다볼 용기 한번 내 볼 수 있을까?

얄미운 시간이 흐르고 난 후

끝나지 않을 것만 같던 마음도
오랜 공백에 결국 끝이 났다.

그저 그 쓰라린 달콤함에서 빠져나오는 게 두려워,
아무 느낌 없는 여운이라도 붙잡고 있었을 뿐.

얄미운 시간을 못 이겨
끝내 그 마음도 흐려지고 말았다.

사람의 마음이라는 게
이렇게나 쓰잘머리 없는 것이다.

친절의 미학

이별은 언제나 그렇듯 친절하지 않다. 이별 후에는 유난히 일상생활이 고장난 듯 흘러갔다. 나는 늘 그때마다 식음을 전폐한 채 침대에만 누워 지내기는 기본이고, 온종일 '이별을 빨리 극복하는 법' 따위나 찾아보며 덜덜 떨었다.

몇 년 전이었다. 이별한 지 4일째 되던 날, 엄마와 함께 가족 일로 보훈처에 갈 일이 있었다. 미루고 미루다 무거운 발걸음을 뗐다.

그 한 걸음 한 걸음이 너무 고통스러워, 마치 한 컷 한 컷 쪼개진 1분 1초 단위의 삶을 사는 기분이었다. 그렇게 물에 젖은 솜처럼 걷다 보니, 금방이라도 길바닥에 쓰러져 드러누울 것만 같았다.

지하철역까지는 아직 도착하지도 못했고 갈 길이 멀던 찰나 새로 생긴 카페가 보였다. 엄마에게 커피 한잔 마시고 가자고 말하며 그 카페로 들어섰다.

뭘 마실지 메뉴 앞에서 잠시 고민하는데 이윽고 사장님이 단 걸 좋아하는지, 고소한 걸 좋아하는지 우리의 취향을 물어보며 메뉴를 친절하게 설명해주셨다.

엄마는 달달한 바닐라 연유 라테를, 나는 아이스 아메리카노를 주문했다.

기다림도 잠시 금세 나온 커피는 매장 컵에 담겨 있었다.

"엇, 사장님. 커피 테이크아웃인데……."

그 말을 들은 사장님은 세상이 무너지는 듯한 표정으로, '아…….' 하고 탄식을 내뱉으셨다.

나는 의아하다는 듯 말했다.

"그냥 다시 테이크아웃 컵에 부어 주시면 되는데……."

사장님은 나의 말이 끝나기가 무섭게 단호한 표정을 지으며 말했다.

"아니요, 저희는 커피 그렇게 안 드립니다."

단호한 한마디와 함께 사장님은 다시 분주하게 커피를 만드셨다. 그리고 잘못 담긴 두 잔의 커피는 그 카페에서 공부하고 있던 학생에게로 돌아갔다.

"야, 현수야. 너 커피 두 잔 더 마셔라."

곧이어 우리가 주문한 커피가 테이크아웃 컵에 담겨 나왔다. 나는 '굳이 이렇게까지 안 해주셔도 되는데⋯⋯.'라는 민망함과 미안함이 섞인 표정으로 감사의 인사를 하며 커피를 받았다.

사장님은 단호하면서도 친절한 미소를 띠며 말했다.

"커피는 눈으로 한 번, 향으로 한 번, 맛으로 한 번 느껴야
되는 거예요. 근데 매장 컵에 담긴 커피를 테이크아웃 컵
에 다시 부어버리면 죄다 섞여서 눈으로 보는 기회를 빼앗
는 거잖아요."
그래서 절대, 당신의 카페에서는 한 번 컵에 담은 커피를
다른 컵에 옮겨 주는 일은 없다고 덧붙였다.

그렇게 다시 만들어진 사장님의 고집스러운 커피를 들고
가게를 나섰다.
그 순간 깨달았다.

그 카페에서 사장님이 커피를 다시 만들고, 다시 받는 동안 단 한순간도 이별의 고통 따위 느껴지지 않았다는 사실을 말이다.

사장님의 커피에 대한 철학, 그 단호한 표정과 프로페셔널함, 그리고 햇살 같았던 친절한 미소가 나의 뇌에 무슨 작용을 일으킨 건지 분명하진 않다. 하지만 이별했다는 사실을 스르륵 잊을 수 있었다.

매초 이별에 고통받고 있던 나에게 아주 신기한 경험이었다. 지극히 사적이며 불친절한 이별 사이에 스며드는 누군가의 공적인 친절이랄까.

인어공주,
사랑 때문에 너를 포기하지 마

지나간 인연이 있어야 할 자리는 과거다.
그래서 애써 붙들고
현재로 끌어 올 때마다
무척 고통스러워진다.

나는 당신이 현재를 살았으면 좋겠다.
지나간 인연을 위해 두 다리를 얻으려 하기보다는
당신의 비늘이 얼마나 아름다운지 보았으면 좋겠다.

부디, 아름다운 당신이
사랑 때문에 자신을 포기한
인어공주가 되지 않기를.

마음으로 찍는 사진

나는 우리 집 강아지 사진을 찍을 때
카메라 뷰파인더가 아닌 강아지를 바라보고 찍는다.
카메라는 대충 손목에 걸쳐 위치만 맞춰 놓고,
내 눈을 카메라 렌즈 삼아 강아지에게 집중한다.

신기하게도 그렇게 찍으면
오히려 더 좋은 사진이 나온다.

사진에 대해선 아무것도 모르지만,
이것이 피사체와의 교감일까 하는 우스운 생각이 든다.

딱딱한 카메라 렌즈가 아닌,
따듯한 눈의 진심이 통한 걸까.

아마 우리가
서로 사랑하는 사이라 그런가 보다.

할머니의 양심 고백

"할머니는 살면서 제일 나쁜 일을 한 게 뭐예요?"

법 없이도 살 사람인 우리 할머니에게 이런 질문을 던진 적 있었다. 할머니가 한참을 생각하더니 긴 이야기를 꺼내셨다.

"내가 어렸을 때 일인데⋯⋯."

할머니가 어렸을 때 슈퍼마켓에서 '비꽈'라는 캐러멜을 팔 았다고 한다. 그 당시 캐러멜의 껍질 안쪽에 '또'라고 쓰여 있으면 하나 더 가져갈 수 있는 행사를 했다고.
그런데 할머니가 고른 캐러멜에 '또'가 쓰여 있어서 또 고

른 캐러멜에 또다시 '또'가 쓰여 있었다고 한다. 그렇게 여섯 개가 넘는 '또'의 행운을 얻은 할머니는 갑자기 마음이 무거워져, 한참을 고민하다가 가장자리에 떨어져 있는 캐러멜을 골랐다고 한다. 거기엔 '또'가 없어서 다행이라고 생각하셨다고.

"그게 무슨 나쁜 일이에요?"

뜻밖의 양심 고백에 당황스러웠다. 80년이 넘는 세월 동안 캐러멜의 행운 따위가 마음의 짐으로 남아있었다니.

아무래도 나의 유리 심장은 할머니를 닮았나 보다.

영혼 청소

거대한 것들을 보고 있으면
영혼이 씻겨 내려가는 기분이다.

웅장한 소리로 부딪히는 파도에 머리가 비워지고,
쉴 새 없이 몰아치는 바람에 잡념이 날아간다.

우산을 뚫을 듯한 거센 비에 욕심이 사라지고,
조용한 흙냄새에 감사함을 느낀다.

그것들과 어울리는
더 맑은 사람이 되고 싶어진다.

좋은 어른이 되고 싶어

어렸을 때 나는 배달 주문 전화도 못 하는 아주 소심한 아이였다. 그러니 내가 조금 손해 보는 일이 있어도 그냥 참고 넘어가는 게 다반사였다.

열 살쯤이었다. 마트에서 물건을 사고 집에 돌아가는 길, 너무 추워 주머니에 손을 넣고 걷고 있었다. 무심코 주머니에 꼬깃꼬깃 넣어 둔 거스름돈을 꺼내 확인해 보았다. 순간 뭔가 잘못되었음을 느꼈다. 분명 7천 원의 거스름돈이 있어야 했는데, 주머니 속에는 3천 원뿐이었다. 아무래도 5천 원짜리 한 장과 천 원짜리 두 장으로 착각하고 주신 것 같았다.

다시 마트로 가서 거스름돈을 잘못 주셨다고 하면 될 일이
었다. 그러나 배달 주문 전화도 못 하던 나에게 이건 너무
어려운 일이었다. 더구나 거스름돈을 잘못 받았다는 증거
도 없으니, 어떻게 설명해야 할지도 문제였다.

그 추운 겨울날, 놀이터에서 한 시간이나 서성대며 고민을
했다.

큰 결심을 하고, 다시 마트로 향했다. 마트까지 가는 길이
마치, 도살장에 끌려가는 소라도 된 것마냥 가슴이 두근거
렸다.

"아저씨, 거스름돈을 잘못 주신 것 같아요."
용기 내 꺼낸 말에 아저씨는 역정을 내셨다.

"아니, 거스름돈 확인도 안 했어?"
가슴이 쿵 하고 내려앉았다.
마트까지 오는 동안 생각한 수많은 상황 중 최악의 상황이
었다.

나는 쭈뼛쭈뼛 서서 어찌할 줄을 몰랐다. 그때였다. 주인
아저씨의 어머니로 보이는 할머니께서 선뜻 4천 원을 내
주시면서 말했다.

"아니, 손님이 거짓말을 할 리가 있나?"

몇십 년이 지난 지금, 나는 이제 환불도 잘하고 계산이 잘
못되면 당당하게 이야기할 줄 아는 어른이 되었다.
용기를 내어 도전했던 나의 첫 경험을 나쁘지 않은 기억으
로 만들어 준 주인 할머니께 감사하다.

나도 그런 어른이 되고 싶다.

잠이 오지 않는 밤에도,
내가 함께 있어줄게

초판 1쇄 인쇄 2022년 5월 9일
초판 1쇄 발행 2022년 5월 18일

지은이 미니유

펴낸이 이필성
사업리드 김경림 | **책임편집** 한지원
기획개발 김영주, 서동선, 신주원 | **영업마케팅** 오하나, 유영은
디자인 섬세한 곰

펴낸곳 (주)샌드박스네트워크 샌드박스스토리
등록 2019년 9월 24일 제2021-000012호
주소 서울특별시 용산구 서빙고로 17, 30층(한강로3가)
홈페이지 www.sandbox.co.kr
메일 sandboxstory@sandbox.co.kr
전화 02-6324-2292

ⓒ 미니유, 2022
ISBN 979-11-978082-9-6 (03810)